U0746766

袁影红 ◎ 著

安徽师范大学出版社
ANHUI NORMAL UNIVERSITY PRESS
· 芜湖 ·

图书在版编目(CIP)数据

红影 / 袁影红著 . —芜湖 : 安徽师范大学出版社 , 2024.8
ISBN 978-7-5676-6696-2

Ⅰ . ①红… Ⅱ . ①袁… Ⅲ . ①诗集—中国—当代Ⅳ . ①I227

中国国家版本馆 CIP 数据核字(2024)第 056228 号

红　影

袁影红◎著

HONG YING

责任编辑 : 李　玲　　　　　　　　　　责任校对 : 吴俊瑶
装帧设计 : 朱石金　张　玲　冯君君　　责任印制 : 桑国磊
出版发行 : 安徽师范大学出版社
　　　　　芜湖市北京中路 2 号安徽师范大学赭山校区
网　　　址 : http://www.ahnupress.com/
发 行 部 : 0553-3883578　5910327　5910310(传真)
印　　　刷 : 苏州市古得堡数码印刷有限公司
版　　　次 : 2024 年 8 月第 1 版
印　　　次 : 2024 年 8 月第 1 次印刷
规　　　格 : 700 mm × 1000 mm　1/16
印　　　张 : 15.5
字　　　数 : 168 千字
书　　　号 : 978-7-5676-6696-2
定　　　价 : 58.00 元

凡发现图书有质量问题,请与我社联系(联系电话 : 0553-5910315)

序

    作为安徽老乡，常听说袁影红有佳作问世，如今又有诗集即将付梓，实属可喜可贺。前些年，有一部长篇小说《只有香如故》出版，可见她是掌握了不同文体的两栖作家。小说依靠叙事，诗歌需要语调，二者往往能相互促进，彼此生发。读这本《红影》诗集，我想大致有以下几个关键词，权当思路或者线索：春天、地域性、古人挽歌、家庭日记、英雄赞歌。

    若是能按季节划分，那么袁影红大抵是一位春天的诗人。对她而言，"春天的美学"几乎成为一种本能的追求，深度调配着意象、想象、情感和经验。"春天就在眼前出发/直接抵达诗行"（《春天》），于是"春风""梨花""桃花"等属于春天的意象真就抵达，在明媚的画面中各自动作，并表现出恰到好处的可爱和幸福。在《镜湖 春天里》中，她写道："风/过此岸/去彼岸/扯不断/隐约的姿势/在水一方。""风"本是无形之物，却通过岸边植物的

"姿势"显现自身。在此过程中，"此岸"与"彼岸"透露出大智慧，而《蒹葭》的诗句则重现了中国诗词传统中最动人的情境，一个绝佳的审美时刻就此形成。诗集中还有不少类似的审美时刻，例如桃花的醉意、绿意的游走……此外，春天还意味着对"我"主体性的开启，或是"撞醒我久睡的/一个记忆"，或是令"我"产生爱和抒情的冲动。在此基础上，春天的诗人袁影红开启了第二阶段的变奏，标志就是这个新出版诗集《红影》。需要补充说明的是，刚开始，她想把该诗集命名为《无花果》。她选中"无花果"这一特别的植物，用"无花"略去春天，一举进入秋天的"结果"。诗中写道："但是 我用泪一次次洗过的眼/不再相信春天的童话"，而"虚假""痉挛的身体"等不纯的词汇也得以进入诗人的词典中，获得与春天对峙的张力。最终，她把这本诗集取名为《红影》，乍一看是她名字"影红"之颠倒，与自己名字之间保持密切关联，其实"红影"这个名字似乎多了些女性写作色彩，乃至青春、热情、阳光、建设、革命等意味。

在安徽地域文化的推广工作上，袁影红一直有所贡献。读这本诗集，很难不去注意到一个个具体的地名坐标，比如说镜湖、峨桥、瑞丰国际茶博城、三山、六郎水乡……一份诗歌地图徐徐展开，以芜湖为中心向外延伸。袁影红游历各地，有意识地观察和挖掘民风民俗，使诗歌深深扎根于人杰地灵的安徽。其中，关于窑师的系列诗令人瞩目，诗人最大限度地运用历史想象力，"穿越"至百年前的窑器制作现场。在《繁昌"窑"想》中，袁影红写道："他们用温柔拉坯/用体温上釉/让缠绵的爱/在人与土与火的交响中流淌。"一道道工序摆脱了枯燥的知识性介绍，经过诗人的唯美化和浪漫化，攀至技、力和美的高峰。收尾时，诗人的情感往往有所回落，"我知道/爱情窑师以及梅花/已经走远"（《梅花窑》）。遗迹的幻象终将被戳破，正是清醒地认识到如今"窑师"的没落，袁影红的诗行总带有一股时间的哀伤，并会使读者反思当下。

古典诗词传统是一笔巨大的文化遗产，如何在当下的语境中完成继承，可以说是每个诗人无法逃避的命题。"万丈脊梁 回来吧/魂兮"，袁影红在《五月五的黄昏》结尾处高声呼唤，试图在二十一世纪招回屈原和他所代表的民族之魂。在《五月五日致屈原》中，袁影红复现了屈原投江的场景，并以千年的涛声暗示传承的连续性。的确，《离骚》是构成中国人文化基因的源头性存在，它古老的抒情方式几乎是一个奇迹，而屈原的一生又是那么惊心动魄。事实上，袁影红所写的古人挽歌只是一种表象，更为核心或隐秘的，是对抒情方式的继承，由此也可以解释为什么说她是春天的诗人。

诗人只是人世间的身份之一，她还是父母的女儿、丈夫的妻子以及孩子的母亲。当家庭身份与诗人身份叠加，诗就成了袁影红记录家庭生活的方式。"昨夜阿珂喋喋不休地问/妈妈　妈妈　明天我穿什么衣服/我笑得乐呵呵/你穿什么都好看呢/因为你长大了/女儿便不吱声了"（《献给女儿的生日》），这是母女间的一次日常问答，袁影红将所谓"诗人的假面具"完全摘下，把诗当做日记本般的存在，用不过多修饰的口语加以记录。即使诗人自己对这种写作方式有所怀疑，"声明：以下关于元宝的一切，可能不是诗"（《一周岁元宝在伊顿公馆》），但口语写作毫无疑问是诗歌写作方式之一，自有其合理性和可能性。

　　谱写英雄赞歌，更准确地说是平民英雄的赞歌，这一写作意图其实早就被辑名透露。诗集第五辑名为《绿色冲锋号》，绿色是最能代表生命的颜色，而冲锋号则是向前冲刺的指令，意味着生命的爆发状态和高光时刻。对于这些英雄赞歌，有三点值得注意：首先，是人称代词的使用。在这些英雄赞歌中，袁影红较多使用第二人称"你"，有效地缩短了审美距离，增强了情感的力度。其次，是句式特点。在《白衣礼赞》中，诗人写道："一身洁白的工作服/人们说你是白衣使者/一挂银色的听诊器/人们说你是健康卫士/一串逆行的脚步/人们说你是新冠阻击战的勇士。"通过固定句式的重复使用，医护人员的从业特征被一次又一次辨认，而崇敬的情感也在重复中不断升华。最后，是对姿态的把握。袁影红善于捕捉瞬间的英雄姿态，并从自然界中找到精准的比喻，如"大堤上一群勇士疾行/如一道绿色的闪电/跳入洪流"（《一道绿色的闪电》）。

后疫情时代平民英雄的付出不应该被轻易忘却，袁影红的英雄赞歌不仅留下了他们的宝贵事迹，更是一种时代的见证。

杨四平

二〇二四年二月

（杨四平，上海外国语大学教授、博士生导师，出版《中国新诗理论批评史论》《跨文化的对话与想象》等十四部著作，获第九届中国文联文艺评论奖和第二届"啄木鸟杯"中国文艺评论年度优秀作品奖、"中国十大新锐诗歌批评家"称号等。）

目　录

CONTENTS

第三辑　无花果

第四辑　金针菜

第五辑　绿色冲锋号

比花开更久远的意象

第一辑

曲 水

镜湖　春天里

一

四月的风儿
按着温柔的节拍
舞动的垂柳柔若无骨
白鹭丝坚强地支撑于岸边
湖面　涟漪皱起
一圈圈

二

风
过此岸
去彼岸
扯不断
隐约的姿势
在水一方

三

阳光正好
桃花的香味
撞醒我久睡的
一个记忆

四

白的梨花　红的桃花
尽情地挥霍这个春天
一样地绽放　一样地飘零
那些花瓣儿
会记得这个春天吗

春　天

当最后一片雪花在春风里消融
桃花与梨花便开始了接力
太阳笑盈盈地提着花篮
一路贩卖早到的春天

草木拔节与春天比节奏
云儿歌唱与春天比高度
花儿绽放与春天比宽度
鸟语从山岗滚到沟底
花香顺路飘到天边
春天就在眼前出发
直接抵达诗行

端　午

一个人的端午

端午这个日子
太静了
时光在屋子里游离
不出声
从清晨到日光高照
似乎停止了呼吸

有必要打开紧闭的门
去端回一个节气
从此是一片晴朗的天

五月五日致屈原

你决绝安静地

步入江心

如去远方旅行

洗净满身的尘埃

把自己安放

在清澈里

你在江水最低处

睁大双眼

望断三楚的天空

千年的涛声不断

流淌着天问

几度水落而石出

五月五的黄昏

五月五日的黄昏

较往日要来得早一些

你彳亍而行

不用回头也听见了秦人的铁蹄

你的王　犹在酣睡或者装睡

而你跋涉千里

不忍绵长的汉水

渐渐瘦成汨罗

万里疆土

兰蕙不开也容不下橘

何阖而晦何开而明

天命反侧夫何索求

你仰天而问

无人回答

长太息以掩涕

何如回车以复路

当众芳芜秽溷浊不分

你何妨活一天为自己

王是王　你是你

楚民记得你

陵阳在望　纵蜷马悲风

也比你怀中的冷沙来得真实

汨罗江太浅　搁不下你

万丈脊梁　回来吧

魂兮

峨桥之晨

在峨桥的一片叶子里行走

此刻，绿色峨桥

每一片叶子都在我眼中弹跳

热情的春风正搭建舞台

每一片绿都是响亮的独白

执拗地诉说大地　季节和童话

云自青弋江飘过来

慢慢地散开

给湿地公园披上的面纱

让响水涧的歌悱侧缠绵

龙窝湖的霞与青春的花语

让我醉不成步　吟而无声

峨桥的每一片叶子

都见证了我的尾声

油菜花之恋

如若不曾相遇
怎有这般温柔
如若不曾相遇
怎有这般惊艳
你是我生命中
未曾经过的站点吗
是　也许不是

你绽放一行行诗
铺满精致的乡愁
你在春风深处等我
浓香浮动我的脚步
蝴蝶飞进我眼睛

我来了　投入你磅礴的爱
我的世界因你而重开
如若不曾相遇
我的梦没有色彩

在瑞丰国际茶博城喝茶

经过风　见过雨
只为等候你的归人
等待你的知音

此刻　我信你心扉敞开
将碧绿的爱　向
清波深处纵身一跃
而我　就在这里
守候千年　于红尘之上

写意的莲藕塘

在三山
无法想象
一方小小的莲藕塘
关联一个大写意
小小的莲藕塘
清明光亮的舞池
便在意念中生根发芽了
成了唐诗宋词的韵脚
写意中　每一片浪花
唱绿色的歌
跳惊艳的舞
与月亮比高度

与桃花同醉

——在三山百果园里

用一百八十度的虔诚
将春意一点一点揽入心间

似尘缘未断　亦痴亦癫
飘飘然　渐入佳境
收获桃花的醉意

醉眼蒙眬　听人浅笑或低语
明天　我不想送别
我愿长醉不醒

六郎水乡的糖葫芦

民俗节集市
卖糖葫芦的人
在人群中晃悠
把陈年的记忆
扛在肩上

一串串晶莹剔透的红珠子
如水乡慢城
挂满乡愁的红灯笼
点亮我少年甘甜的记忆

莫愁湖

绿藤爬满老墙

牵住　长长的乡愁

空灵的青花杯

最好可以叙旧

莫愁湖一如既往清澈

小船摇啊摇　像花轿

我想我可以

再一次恋爱

梅花窑

同治年的大工山
恰似远道而来的窑师
盘在头顶的辫子
郁郁葱葱
辫子上簪着梅花
花下的白泥土
恰似姑娘细嫩的肌肤
透着梅香
窑师们　就此
垒石为舍挖坑作灶
窑圆似珠　窑深若龙
在汗水与火焰的交响里
捣泥拉坯上釉绘梅
一件件窑器盛装而出
恰似珠光宝气的新娘
这从窑师缠绵的眼神
可以确认

是的　窑师们就从这里

开始了浪漫的爱情旅程

这一程就是八十年

直至大工山的辫子剪成短发

龙窑只剩下尾巴

不久也要剪去

这个时候　爱情是严肃的

新嫁娘也要背诵语录

百年后我来这里

断垣残壁紫陌荒榛

四合的寒风里我听见

微微叹息　我知道

爱情　窑师以及梅花

已经走远

百年穿越

我可以从多处找到入口
比如　从父辈们的故事里
从古窑头的废墟里
从窑壁漆黑的影子里
找到曾经绽放的春天

窑师
以三百六十度的虔诚
脚踏陶车
旋转七彩的爱

我甚至可以想象从一朵梅
或一朵飘零的花瓣里深入
循那一缕梅香
找到百年前的梦

繁昌 "窑" 想

繁昌的窑师

是画家是音乐家是雕塑家

他们用温柔拉坯

用体温上釉

让缠绵的爱

在人与土与火的交响中流淌

他们用春谷的灵气

洗礼　淬炼所有的窑器

铸泥为骨　青白生香

然后将熠熠生辉的爱女

捧出

疼并快乐

柯家窑的烟火

柯家父子脚步蹒跚
从五代走来
走过了不止五代
种下青白瓷不灭的烟火
后生们　同姓或者异姓
都在烟火中开花或者结果
以春谷的名义
留青白于人间　于久恒

无为，无不为

——三公山东望

长江　一路向东
在这里缓缓地拐个弯
浩渺烟波　直抵
三公山的眼前
于是　一个古老的哲学
得以印证
上善如水　唯其不争
是故莫之与争
于是一方古老的地域
以此命名
任楚山吴水几番更名
守土的将士枕戈以待
终于硝烟散尽
未损这片土地的半分鱼米
直到江水东去
捎回天边的季风

以及蓝色的梦想
这片神奇的北纬三十度
承接丰饶的皖江产业
悠然地将上口的板鸭
端上盛宴
剔墨纱灯　正好可以
装点丰收的奇迹
然后向世界宣布
无为　无不为

霄坑茶乡里纪行

那一缕茶香

一缕茶香

牵动一段思绪

一次小住

牵动一个田园梦

夜晚靠近月亮

看吴刚伐树　玉兔捣药

晨起沐浴碧霞

听大山里的歌手

鸟们　送来滴落绿意的

最长情的歌

山谷花间煮香

有镇国寺的禅意

据说会爬崇山峻岭上的坡

爬得越高茶香越浓

风中的芦笛

秋风一个劲地吹
与黄芦萧瑟和鸣

那一年的芦花
开在浩瀚的湖水边
黛眉紧锁
用瘦弱的身子
抵住整个冬天
留白处是无边的凄美

而今
越过一片苍茫
与绿意相佐　登上高山
多了一分坚毅与豁达
多了一分阳光与从容
更多了
一分骨感之美

让我们重逢
同步在最美的时节里

走进一幅画

瀑布似银河倒挂
成就大峡谷巨幅壁画
我们是来赏画看景的人

在谷底　做一次深呼吸
给心灵供绿色的养
去溪边洗涤
连同自己的影子
试图做一个红尘之外的人

天空似乎更蓝了
此刻　仙雾袅绕
适合腾云
进入悬着的那幅壁画
让瀑布之声敲击心扉
听最原始的声音
听花花草草的哀婉叹息以及痴语
看鸟儿用倾斜的弧线
滑翔的姿势
看谷底鹅卵石磨圆了个性
沉着的静美

阳光正好处
看四野丰满了的五颜六色
用心对眸
应是彼此眼中最美的景

山谷花间舌尖上的绿

餐桌前　我们围坐一圈
触手可及的　便是山谷花间
被山谷花间的泉水滋润过
被霄坑滴翠的绿印染过
被这大山里天然氧吧
供养过的土里生长的蔬菜及瓜果
所有的飞禽走兽
水里游的地上走的
都呼吸山谷花间淌着的绿

大灶台前一把大锅铲
翻动的各色的诱惑
砂锅弥漫溢香
舌尖上的绿
在味蕾疯长　于是
有了一次大胆的咀嚼

杏花村　你是诗的代名词

捧起春日第一缕相思

去看你

火热的心　如初恋般的执着

从牧童遥指的方向

抵达杏花村

恰好　是一首诗的距离

置身杏花丛中

把自己装扮成三月的一道风景

所有的灵感

都源于一个记忆

那年三月

杜牧走进了杏花村

用一壶浊酒饮尽《清明》

杏花留白处　从此

都是诗意的影

如今　又到了你的好时节
一场花雨　正悄悄把你梳洗
溢出你骨子里的典雅与豪气
溢出一个诗的代名词

黄花之约

秋江　秋雁
黄花　黄昏
一场大病之后
随一个古老的名词
呼吸九月的新晴
相向而行　我们相逢于
一颗颗茱萸的暗香
不在意秋天已深深
没过我们的头顶

头顶　有遥遥的雁声
如昨日的记忆
我们为谁戴过黄花
又为谁倚过黄昏
当秋水洗尽红尘
我们何妨含泪而笑
当我们再一次举杯
我们何妨活成
一行高高的诗句

三月，以杏花为题

我向一朵杏花打听一个人

杏花村里的杏花
都来自晚唐
每个花瓣
都是一个驿栈

而斑斓的秋浦河畔
很适合艳遇并且迷路
我打听那个属于杏花的人
一开口　已是满口诗香
一朵杏花带笑说
你去沽一口黄公的杏花酒吧
小杜刚刚过去
估计这会儿
倚着东风
醉了吧

在憩园

有人倚栏
有人饮茶
我不说话
只静静地听
听有人细说杏花
以及那些断魂的诗句
这一夜
我枕着东风
如一瓣杏花
吹落晚唐

杏花，如此冷静

杏花与酒
只在这片晚唐的部落
才能酿出断魂的
清明
从三月初识
到黄莺乱飞
杏花啼出的血痕
渐渐淡了
如此冷静地
宣示一个季节的轮回
正如失意的杜牧
曾经来过

李太白的采石矶

下江的采石矶　显然
高于江水　高于稀稀拉拉的
灌木或者乔木
但高不过天上的月
在这里　一壶老酒
距天上月很近很近
而这轮月距老家碎叶城
很近很近

算了　算了　你在心里嘀咕
回家的路很长很长
但　如果有一轮圆月照路呢
那双旧靴子已让高力士脱了去
赤条条来去无牵挂　挺好

算来　这些年也值了

秀口一吐就半个盛唐

贵妃娘娘怕是暗恋许久了

娘娘那张脸多像这天上的月啊

且喝酒喝酒　今夜

只看月亮不想其余

喝了这半壶就可以回家了

大唐依然很热闹

但热闹是他们的

只有这轮月是自己的

天上的月什么时候掉水里了

那可是家乡的月啊

不知自己的剑

能否截断这滔滔逝水

收拢逝水中破碎的月

带她回家　今夜也值了

还有半壶酒　采石矶太高

高于江水　高于月

那么就走过去吧走过去吧

因为水中月距自己的家

很近很近

徽州行

新安江上

我裹挟一路风尘
在红绿阑珊的季节
踏上 12 号山水游轮
溯流而上

雨后的江水浑浊
天上的白云
已经游荡千年
而一叠叠青峦
渐渐皴满双眼

我想一页页掰开
这千年画稿
尽管大痴师傅

带着他几代弟子
有意识地将绝世风景
掩藏在淡淡的墨烟之后
但不妨碍我此去探寻
某一处幽静的院落
天光云影下的半亩方塘
将南宋的余晖
浅浅地涂抹新安江畔
让马头墙看上去更高
让小脚的徽州女人
踮起足跟也够不上小小的窗

五百年后　有人
回收云之上的理想
他瞥见
小窗内比白墙黑瓦更多的颜色
气化流行生生不息
他说　我思故我在

再往后
我们已无需谈什么主义
只管吃喝拉撒包括写诗
然后
乘着疲惫的12号
重回原点
今夜无梦

高高的马头墙

三姑娘慢慢合上漆黑的
大门
双环在风中轻叩了几声

每天
日头半落的时候
看村头石板路人影蹒跚
门后的三姑娘
不曾错过每一个行人
当家的鲍二愣子
有几年没回了

合上门的四进大屋格外高大
黄昏从马头墙上泻下来
墙的影子格外长

我猜想
此刻
三姑娘还斜倚床边
偷偷瞄了一下
菱花镜上的灰尘

女祠深深

鲍家媳妇
走起路来轻快
四进大屋的角落
都有她娇小的身影
到了日落西头
她总会抬头看一下　天井处
那暗下去的越拉越长的光影
然后收住打鼓一样的小脚

鲍二愣子自那年路口一别
再也没回来
就指望媳妇伺候病患缠身的婆婆
接过二愣子吃奶的胞弟
用土法子催乳
咕咚咕咚的声音
像拔节也像呜咽

鲍家媳妇用小脚
在鲍家大屋敲打了二十年
总算是在祠堂龛笼里
把自己深深地嵌上
老一辈族人指着牌位依稀记得她
原是邻村邢家的三姑娘

鸠江　掠影

鸠江　掠影

鸠鸟

衔来长江几片浪花

从此一条以鸠为名的江

在这座古城穿流而奔腾

千万年后同步奔腾的还有

一座座立交桥　川流不息的车

以及智慧城市的歌声

如果鸠鸟重来　她不会感到惊讶

因为这座城市的万丈高楼

与人民感恩的笑容

足以承载她的新巢

鸠兹古镇

走进你

如同打开一本线装版的书

你渐渐离开

蹒跚着苍老的步伐

走进远古似又归来的身影

又如一部黑白电影

追溯着人们的记忆

又回到眼前的真实

恰是一坛封存的老酒

带着经年的酒香

弥漫心扉

离开你的那一刻

便是缓缓合上书

缓缓拉下帷幕

……

雕塑公园

这里不是公园

是神山

硕大的米粒正是它的图腾

神　告诉人们

民以食为天

当然　樟朴榆桂以及数不清的花木
也必须坚守这片喷香的土地
数百件雕塑是活着的
他们乐滋滋地讲述人间烟火以及
这座城市的过往和明天

干莫的传说

干将：
我为铸而生
我为剑而生
我为死而生
这一切早已注定
因为这是楚
风雨飘摇中
我的王
要我生要我死

莫邪：
且把炉火升起
且把炉火升起
顽铁为资
血肉为炉
把山炼赤
把池磨平

我要用我的生
向这把剑
这个恶世界
献祭
剑成　我们同在
我们的儿子
将接过今天的剑
做他该做的事

儿子：
我不需要名字
我是他们的儿子
恨在血管奔流
复仇是我的骨
苍山之南顽石之背
双剑带着记忆
载我向楚庭
我的眉间
熔铸无边的杀气
射向王的头颅
我告诉王
被砍下的头颅
一样的疼

追云

青弋江

我们在方言里相识

我懂你沉默的语言

你懂我一往情深

我们的相逢如同穿越

你在过去　我在未来

我的多情

不是没有来头

我的心中有一盏灯

照亮这条似曾相识的路

我学会用本土方言讲述你的故事

春天里的青弋江

青弋江　青弋江啊

你　从绿杨深处走来

走过白鹭走过白帆
走过蒹葭走过稻香
你以你的想象
把皖南大地尽情装扮

你用你的乳汁
喂养了一方沃土
你舞动你的绿裳
掩映两岸万顷粮仓
你用你的清冽
滋润了一方民风
你以流动的波光
点燃我赞美的诗篇
你的从容和温婉
一次次挑起我多梦的窗帘

紫色的弋江

紫云英
被春风灌醉了
几分热烈几分矜持
如款款唐装的女子
在一望无际的绿意之上
无数红星星
点亮广袤的原野

将一方小镇
装扮成一张紫色的名片

青弋江的宠儿

青弋江是如此宠爱
把这个江畔小镇
打扮得如此得体
如一个淡雅的徽州女子
沉静　内敛而缠绵
那座桥　老李和小杜曾经来过
青石板回响送行的跫音
而殷勤的老柳
依然不忍拂拭
他们的足迹
只有一叶小舟从这里
欸乃而出
它把青弋江温婉的问候
捎向世界　又把世界的迷彩
载回山乡

老街有风吹过　墨香四溢
一方方马头墙格外稳重
它收藏了昨天
因为我的到来

它会收藏今天和明天

细雨中　必定有一场艳遇

葱绿的油纸伞下

丁香一样的姑娘

于深巷款款走来

如一卷婉约的宋词

次第翻开

我和这座小镇神交已久

我想在仰卧的燕子山栖息

想在纷红桃园滩流连

掬一捧弋江水乳汁般地渴饮

我想我们同是青弋江的宠儿

老　街

许多诗句

在青弋江的老街碰撞

一草一木

一块青石板

一颗鹅卵石

当然还有刚走过的

油纸伞的雨滴

都站在前台

从长长的石阶走下
触碰繁华后的
一个又一个孤独
这里走过不同时代的人
暮年的老街
像一个布满皱纹的老人
骨子里生香的气质
在铺开的无字历史中
端庄地透出

雨　巷

一张古旧的黑白照
装裱曾经的过往
一把锈迹大锁
锁住雨巷的欢乐与凄惶

失修的小木屋
住过结着愁怨的丁香姑娘
想象遇见你的景象
不再是哀怨的脸庞
其实　你的心思
在我视线触不到的地方

老　者

走进一幅用素颜锁住的旧时光
在满地青苔的路上
两条车辙向历史的深处
延伸

深处走出一位颤巍巍的老者
拄着的拐杖　老人说
这条路走了一辈子了
心里踏实

在那年那月里静好

乌云用一张湿漉漉的手
轻轻拂过
似乎给老街做了一次洁面
更显静寥
音量尽量放低　不惊扰你的梦
脚步尽量放缓　怕踩痛了老街的神经
一定有一个久违的老友就在不远处
我急于双手合十
问其安好

我深感无力

老街曾经的繁华
与眼前的萧瑟
反复在意象中置换
而我的脑海　执拗地
想象你青春的模样

从锈迹斑斑大锁的屋子
走出远古的人影
步伐愈发蹒跚
那一刻　我深感无力

弋江劳动者

青弋江
倒映着一幅幅惬意与优雅
渔夫打捞生活的希望
篾匠编织艺人的梦想
棉匠弹奏非遗的妙音
油纸伞撑开了唐诗宋词的温婉
目连戏送春歌端午龙舟大赛
一切的忙碌井然有序
而你　更是默默地耕耘与付出
用妙手一并装裱了这幅

淳朴的自然的唯美的江南水墨
酿一壶桃花醉为你庆祝
或践行

弋水之韵

一江春水
照进唐诗宋词
一叶扁舟
载上厚德民风
一桥柳丝
牵过南北游子
一条老街
流淌千载书香
古渡口　不该是送行的地方
我还有太多的心思
滴落在这千年水韵里

四连的荷

一

四连的荷
只为悦己者容
红的红　白的白
昨天　今天和明天
都在等待
我的到来

我和你
在各自水域
婉约而率性
嵌入斑斓的夏日
蝴蝶蜻蜓以及翠鸟
都如约而至
夏风　只需轻轻一提

整个水乡的绿

便粉扑扑地

飘浮在午梦之上

我们彼此平行

目光深邃　无言而同频

当秋风乍起

游人远去

我们彼此融合

用多彩的心情

举起清净的

莲子

二

你的昨日　早在我生痛的扉页存档

我的今天　再一次堕入你微泣的波心

旷日的重逢

恰似这仲夏的热恋

却与蝴蝶蜻蜓以及翠鸟无关

是的　四连的荷

是称职的情人

我们欣赏着彼此的高贵

我们呼吸着彼此的清凉

同频的你我无须多言

我们之间有粉色的约定

有无边的绿梦

当莲瓣飘零成泥

我们不改季节的芬芳

当秋风在不远处轻狂

我们落寞我们忧伤

但我们会小心地卷起苦涩的莲心

等待再一次的轮回

就这样　就这样

就这样年年岁岁

藕断丝连

桃园滩

不需要艳遇
循你的芳菲
梦你姣好的容颜
将你　烙在生命里的
每一次遇见
都是三生三世的
一次回眸

爱　来得刚刚好
情　在夏日盈满
火热的浪漫
鸥鹭为邻
滤去所有的尘埃
静美于方寸之间

书屋的灯光

青弋江码头送走了梅老先生
后生们的足音在老街的夜巷回响
夜巷弥漫着沉甸甸的书香

王家大屋的灯光摇曳阑珊
老街的万家灯火是一万双眼
哦　这是偌大的一间书房

朗朗的读书声回荡千年
走出了梅光迪李振亚王稼祥
以及太多的后生儿郎

一些人远走海外负笈回乡
一些人叱咤风云定国安邦
书香　灯光与理想演奏时代的交响

昔日的草市桥变换模样
先贤的碑刻模糊了诗行
唯有青青弋江不息流淌

何须新买紫骝
何忧世事蜩螗
书屋的灯光已照亮我们的翅膀

当黎明升起　征程明朗
我们必将托起红彤彤的明天
振翅翱翔　不负灯光

竹海之恋

家发镇的竹海
只有一个季节
当我们小别重逢
你依旧是初恋的颜色
你高高的梢挂满我的思念
你悠悠的歌绿遍我的诗行
我们相向而舞如此热烈
如春衣不褪的新笋
一节节升起六月的意象
当繁华落尽　人们忘记了春天
我们用拔高的体温
书写家发镇的另一个传说

我把自己粘贴在麻桥

在麻桥　你不必看桥
因为你恰好看到
一幅失传已久的画
一泓绿水　引你
在团团莲花上打坐
一阵清风鸟语或可
写入淡淡的乡愁
至于那座桥
随同矿工抑郁的眼神
以及"大跃进"狂热的号子
渐渐成了记忆的外延
而我　从桥上过来
径直走进风景的中心
在蓝天白云之下
将自己一次次地粘贴

一张会呼吸的清明

板石岭万亩竹海
竹韵　与浮动的天香
刻画板石岭人家
而竹马日行千里的竹蝉
唱响永不倦怠的哨鸣

花前　竹边　月下
提一壶千年老酒
邀大唐诗人张乔对饮
醉在竹桂相依的呼吸里

月牙泉

遇见你时
恰好是月半弯的模样
与你会心地一笑
所有的尘埃瞬息消散

我　一如那水中月
愿陪你洗净阡陌
或与你守一份宁静
只为满足千百年后
一片念想你容颜依旧

天香云外飘

板石岭八月的桂枝

挂满

你的念想

八月的星空

弥漫你的芬芳

八月　只对你一个回眸

便会消融眉宇间

所有的忧伤

你不是人间种　移从月宫来

广寒香一点　吹得漫山开

你虔诚地　把根须

伸延在这片土壤

你不羡　三春桃红与柳白

不与　百花争宠爱

让生命之花　在深秋里绽放
让天香云外飘

从此
一个美丽的传说
在这片荒山　相约
爱情疯长

恋上一棵树

默念已久　终于
在你的花期　我们如约

你用千年的天香引路
清润尘心　熏黄日月
让日后的每一个日出
充满柔情
等待归人

像一个天真的孩子
复制那年　那月
古树下追逐你赐予的
一阵又一阵花雨
此刻　只需拥你入怀

即便岁月无法复制

即便你很快会说再见
你的天香足以滋养丰腴
日后的每一天

我可以在怀想中
等待重逢
我可以自顾自地
把你收入心中的那幅画
我依然可以自顾自地
与你说些悄悄话

板石岭的秋天

一

读懂板石岭的秋天

不用言语

只需带上一颗虔诚的心

目光里含着祈盼

眨眨眼　桂子们

便纷纷吻上脸颊

信手一掬　便是一捧

伴着竹海麦浪的气息

深深一嗅　所有的心思

瞬息　酩酊大醉

二

绿色深处飘起的
缕缕炊烟
像极了　板石岭人
竹桂共生的古道柔肠

竹蝉哨鸣
在耳畔　唱响
一千多年的年轮
把无尽的眷恋
托付给蓝天白云

老桂树下

细雨点缀了诗行
让一把油纸伞娇羞地
停靠一旁
看那老桂树下的倩影
衣袂飘飘　在风中吟唱
看那沾满桂香的雨点儿
幸福地　敲打
在一首首小诗上
这些诗文不知几世修来的
福分
竟与这些桂花仙子的香吻
触碰　鲜活了每一篇诗章
诗情含着笑意
拥香入怀
把悠悠情思传送远方

板石岭的老桂树

一

老桂树
立在村口
像极了
一个盼归的
老人

老桂树
也要开花　尽管
疏叶像极了
落尽头发的
岁月

老桂树
依然多情
但只向
秋天一样的心
暗送晚香

二

总是在最好的时间最好的地点
绽放芬芳
把点点金星洒向人间
似一位阅尽沧桑的贵妇
冷静而从容
担当起整个秋天
什么样的情千年不变
什么样的诗百读不厌
什么样的梦让我如痴如狂
什么样的缘让我独领天香

板石岭的桂树
就那么微笑　就那么婆娑
而我晚来的顿悟　不再迷惘
岁月深处一个叹息
向我传音入密　我和你
共有一条交织的根
和一束多情的光
有爱　便是人间八月天

大美家发

新农村 我永远的守望

我与家发

只是一首诗的距离

喧嚣的唐诗

拥挤的宋词

纷扬的元曲

为我闪开一条道

我要沿着春天的道路

深入我迷恋的新农村

挤进一排排的安宁

仰望一栋栋的坚强

恪守一棵棵的清香

我的心里很暖

因为

春天为我流出绿色

阳光为我溢出朝气

踩着一个又一个
早已作古的诗句
我在家发的轴心呼唤
守望是我唯一的财富

毛竹在歌唱

家发的毛竹
不喜欢沉默
喜欢在英雄的故事里拔高
喜欢在粮食的背后成长
一节一节的枝叶
摇曳太多草本的丰饶
花生芝麻都是它的朋友

家发的毛竹

喜欢眺望

喜欢把山里的故事

高高举起

喜欢把山外的信息

尽收眼底

家发毛竹的根

不简单

每一个根都能伸进新农村

家发的毛竹

都会歌唱

它们本身

就是站立的诗行

英雄　要问出处

家发的土地

曾被烈士的鲜血染红过

肥沃得

一心向着蓝天

群山低了

那是一栋栋高楼

从土里长出来

挡住了小鸟倾斜的弧线

可折不断乡人

探春的目光

我们把目光直指

那光辉的名字

一级战斗英雄

不只是一个荣誉

乘上英雄的翅膀

家发镇

有了一个飞翔的家

有了一个掌握在我们

手心的春天

我把脚步放慢

因为　这是英雄的出处

我不能

我不能打扰英雄的安宁

我抬高目光

无法高过纪念碑的厚重

和远眺的

眼睛

峨岭　高铁小镇

你是山中小小一岭
或是崇山峻岭的一角
或只若微尘一粒
这些都不必猜测　我已猜测多年
虽近在咫尺　却未曾谋面
答案却在一次会晤中揭晓

匍匐在母亲河丰满的胸脯上
你的一草一木
静美而祥和
让人放下尘世所有的杂念

我想拥抱你
轻声地复述你的故事
你的名字是一只金色的鹅驮来的
于今又乘时代快车走出群山
以高铁小镇的笔名
抒写新的篇章

大工山纪行

不是所有的山都叫青山

捧起长夏第一缕相思去看你

火热的心如初恋般执着

沿着大李小杜的步履

还有王摩诘作画的笔意

要把你完完全全看个仔细

一场花雨　悄悄把你梳洗

溢出你骨子里的绿

溢出骨子里的豪气

溢出一个实实在在叫着青山的名字

流去的水，流不走的桥

从吴家祠堂

通往泱泱社稷

恰好一个传说的距离

一条不知名的小河　见证了

一个能臣荣归故里

让一拱土石平桥
托起曾经的一片风气
从此世代的香火　据说
可以永续万安人的福祉
五百年过去了　滤尽逝水
如今　小桥换过了钢筋水泥
将山里的珍藏捎往山外
又把山外的风景引来山里
去问问这条小河吧
一方觉醒的人与一个旧式的官吏
究竟是谁更加有力

山岗上，开屏的茶垅比梦长

八百亩山坡
描就碧色的五线谱

姑娘们的巧手　上下翻飞
弹出笑声和清香的音符
去亭中　喝一杯万安的茶吧
看绿孔雀的屏开成一个圆
看绿色的梦开成三百六十度

尾　声

走在大工山的传说里
来不及答谢暖暖的情谊
让我把山花和鸟语带回家吧
把祝福留下
把七仙女的故事带回家
把绿色的梦留下
大工山　请允许我
以诗歌的名义
为你献上明天的赞美

天　官

一

小时候　我把天官当天宫
天宫里　有我外婆的家
那里仙雾袅绕　遍地开花

小时候　去天官的外婆家
站在山顶　我想推开一片云
去看看天宫的模样

后来　我知道了
天官并不是传说　正如
天官里外婆的笑容

二

童年　最大的乐趣

就是去天官的外婆家

外公担着我们的

箩筐里摇晃的童趣

长进了记忆

扁担的吱呀声谱就出

最美的童谣

外公说

再翻过一座山就到了

我总是在箩筐的晃晃悠悠里

想那炊烟升起里

一定有外婆的微笑

天官方向

就是外婆的方向

三

天官庙因天官而名
是真实无误的
天官寺庙的香火绵延
是真实的
天官村后来又出了许多大官
和国家栋梁之才　也是真实的

据说　后期一个东北的僧人
看到了这里是风水宝地
用梵音　祭出六字真言

情网下

——天官蓝莓基地

天官的指挥棒下

仙女们跳起蓝色的舞

风停下　舞也停下

且听她们的窃窃私语

虫　鸟以及游人结伴同行

在一张纯蓝的情网里

越陷越深　为爱殉情

有一朵就好

六月的牡丹
零星的几片花瓣
信物一样　丢落

迟来的看花人
俯身低语
有一朵就好
我并没有错过

在丫山

三月　并没有备好
一席春天的盛宴
而丫山一如既往的虔诚
仿佛迎驾王府格格一般
弓起了脊梁

我猜想　丫山的牡丹
已经在降临的路上
步履姗姗
按久远的记忆
她一路把辽阔的风
点染得五色斑斓

不妨　就这样
等待艳遇一场
见与不见　都是芬芳
我确信　我既来了
定不负　国色天香

珠墩有龙

六月　平畴
初九　龙潜于渊
在西　在东　在卧
一卧就是三千年
在商周青铜酒器之上
咳吐一串串珠子
让龙的后人记住了
一个叫珠墩的名字

九五　飞龙在天
天上白云　飞鸟
甘露之下　稻花茶花山花
饱满的微笑
种花的人以龙为姓
与龙共舞

上九　亢龙有悔
朝朝暮暮　珠墩之下
龙的后人铸剑为锄
用广袤的绿描绘家园
目光比龙吟更远

碧溪桥上复制诗仙的模样

默默的正面　背影或一字排开
在碧溪河的桥头
我们把自己装扮成六月的一道风景
所有的灵感都来自一个记忆

那年的六月　李谪仙从这里走过
千年的碧溪桥褪尽颜色
褪不去的是碧溪河流淌的碧绿
褪不去的是那段山中问答

如今　又过了桃花流水
这座桥和森林小路因记忆而唯美
依旧是非人间里　一群追仙的人
虔诚地复制诗仙模样和走过的风景

霭里之约

遇见粮食　遇见希望
粮仓立在村头　路口
用迎宾的方式
告诉你
民以食为天

当然　盛装的向日葵
仪仗浩大
紫云英　带来娘家的问候
村民木讷的笑
带着泥土的厚实

今天过小年　祭灶王
村长捎来请柬
那么　就赴霭里之约吧

神秘的烟墩

格里山庄
是一个特殊的领地
每一寸土地都发光
盛产传奇和引力
每一只土鸡和鸡蛋
都很沉
野生的葛肆无忌惮地疯长
像极了年轻人的恋爱
而栀子花与油菜花合谋
打劫我们的目光和惊叹
对此　村里的庄稼人
只管微笑和神秘
哦　这唯一的纬度
春天已经着魔

烟墩 岑山的红

突兀的海拔

以碧山的名义

领衔一方水土的骄傲

小心地跋涉　虔诚地丈量

抵达万丈悬崖　沿一条险峻的小道

遥听曾经一群人的呼啸

看新四军神出鬼没

让敌人闻风丧胆

以及用鲜血把这座山

铸成足够高的纪念碑

烙上红色的记忆以及温度

风化的峭壁

封存的历史

引我向深处

一页页打开

那些红色的故事

此刻我想放歌

在山之巅

向着太阳升起的地方

像勇士一样

再一次插上

五星红旗

海 井

一口井 连着海
所以叫海井
村里 一个吃海井水长大的
青年 从海边归来
见过太多太多的水
想起老辈的掘井人

于是 他用金菊
编织一个传奇
将海井重新装扮
他要告诉全世界

海水和幸福
从这里流出

莲花桥

浦西湖从瑶池方向
降一座桥
那一霎　绽放莲花
芬芳浸透了湖水
行人　双手合十
从桥上走过
不约而同地
融入透明的梦
和明天

在黄墓

算起来　公瑾爱玩小脾气
那把小小的羽扇
就算摇来倒吹的风
也不能把一支诡异的火箭
摇向百万横江的铁骑

这里一定需要一个
比火焰更加真实的谎言
帐篷里　打在三代老臣身上的五十军棍
不仅我信了　一向多疑的曹阿瞒
也信了　历史也信了
顺手抛出一个天大的玩笑
不管你愿打还是愿挨
让一把火烧焦了赤壁
烧紫了东南王气
烧出了黄武到天纪
五十八年的划江而治

然而白发的公覆不说谎
找到了一个可信理由
他静静地躺在了
这片不是家乡的家乡
青青茔草　点点夕阳
当年的故事看上去
较江东大地依旧高出几寸

多年后的一个春深
被铜雀吓坏了的小乔
在这里款款地拜下身影

黄墓渡

风景被一个意外命名
而渡口是真实的
想起了谁也不必认真
而漳河是真实的
流走了多少历史也不要紧
而这个六月的我是真实的

猎猎的幡有什么在动
点将台有久远的风
呐喊的人渐渐远去
剩我两岸之间无船可渡

千峰山墓群

十里千峰山

不止一千个花骨朵

但没有绽放的念头

他把春秋的故事裹得紧紧的

里面肯定不止一千个秘密

也可能不止一千个忧伤

就这样穿越二千五百年

匍匐在我的脚下

我这样猜想

不只是因为这些墓丘

出土了太多的青铜和陶器

还有数不清骸骨

早不能辩认了

人鳄情未了（短诗剧）

引 子

野地　杂树　陌屋

老人脸上布满的皱纹

如一幅绿色潦草的写意

池塘　芦苇　夕阳

"土龙"带着满身的披挂

如一组安静的音符

我们从一幅画　或者一次

偶尔翻动的浪花

慢慢地深入

用一颗柔软的心

拨开那缕缕皱纹　去聆听

传颂四十年的人鳄佳话

第一幕　我们叫"张龙"

我们从远古走来

我们从扬子江走来

淡忘了历史的人们叫我们"土龙"

四十年前　来到杨树塘

我们便有了新的姓和名

在这里　在杨树塘边

邂逅了　一个名叫张金银的庄稼汉子

从此和他结下了不解之缘

从此我们在这里长乐为家

朝夕相处四十年　为我们

他筑堤引水植被养食

风风雨雨满身泥巴

把我们养成了他自己的娃

如今　如今步履蹒跚的他

是我们的"张爷爷"

第二幕　开饭啦

开饭啦　这班小崽子

晒太阳也不看看时间

从外村要回来的鸭骨头

可不能烂着了

等我把那柳塘的下坡头给整平了

你们爱怎么玩便怎么玩

"老头子你真是越来越不会啦"

老伴张妈妈不乐意了

"娃们今儿高兴，还是我去叫叫吧"

第三幕　水深深　草青青　四月天

大班人来到长乐村

欢笑声涨满杨树塘

穿裙子的阿姨指着我们懒洋洋的肚皮

"可真是鳄鱼宝宝啊"

高个儿的外国人

看我们枯树般匍匐在水边

笑得比我们更加狡黠

可你们是不是太热闹

我们就来辩一辩宾主吧

我们宣布：杨树塘　我们的家

第四幕　　好一个秋凉

村村通了
塘埂加固了
政府也补足了吃的
虽然老伴已走了三年
我这把老骨头还算硬朗
可我有些放不下呀
这六亩四分地管不住娃
等天冷了　　谁来搭把手
替娃们挠痒痒
天冷了　　别不信鳄鱼有泪

第五幕　　故乡的春天格外长

放心吧张爷爷　　放心吧
长乐村的人们最懂爱
杨树塘永远是我们的家
纵然远行千里　　我们也
认得归家的路

我们拥有了爱

我们会有更多的张爷爷

等到秋风吹尽

等到冰雪消融

依旧是最美人间四月天

尾 声

张龙们依旧懒洋洋

在塘埂上晒着太阳

不知道他们的张爷爷

悄悄地走了 走了

为了家乡的一份温暖

为了人间的一缕阳光

为了杨树塘真的成为龙的故乡

在另一个长乐的地方

老人一定可以远远地看

他一生的呵护和眷恋

看他的儿孙不负重托与张龙为伴

远远地看水深深草青青的

杨树塘

第三辑

无花果

遐　想

揽一片宁静
在属于自己的月色里小坐
做纯粹的自己

无论独处或小酌
少不了茶和书香
窗外恰好有竹

一阵晚风
随意吹落几瓣小桃
落在斗笠碗边
告诉我　今夜会很温柔

暗　香

风中的玫瑰
你在等候谁
醉花影里
都是血色的眼泪

你用坚定的红
描摹纯洁与坚贞
用尖锐的刺
抵住浪子的诱惑

你不会错过春天
但也不奢求
不属于你的季节
你为爱而开
纵然凋谢
也暗香依旧

思　念

风轻柔　叶正舞
月华如水　清辉如梦
和着中秋的气息
一缕淡淡花儿的馨香
漫过天际　漫过山谷
漫过心头

这宁静的夜
月圆如盘　如你
你在我目光之外
但一定在月光之中
我的思念
在月光中寻寻觅觅

舒展一幅画

心中的模样
任我画任我写

那一刻我变得聪明
懂得一念闪过的意义
把你定格为一幅画
私欲已了
收你在囊中

任时光飞逝
任风景成了侧影
我把你定格
在春的那面墙上

望　月

静静地
把一枚圆月凝望
此刻
望月　怀远
或寄思
或空白　或虚无
都无关紧要

月色姣好
把今晚的惬意　梦幻
都交付于你

风摇曳处
有思念　愁绪
在聚拢

七 夕

就这样

放眼天河

看喜鹊儿

一年一度搭一座桥儿

就这样

细细地听

天河的水声

是否有人蹚过

就这样

默默地等

仰望星空　天河离我不远

妙　音

季节的风

吹醒了沉睡的梦

春天的明眸里闪烁着小星星

有妙音　从童话故事里传出

那是谁

是谁　拨弄静穆的弦子

是谁　打捞失落的莲子声

鸟语从枝头跳到心间

那音符就潜入魂魄

春在嫣然一笑里

阴霾消失无踪

传说中的爱情

似曾相识的眼神
盛满与诗情有关的故事
默默地注视
听你的橡树　桃花以及
悠悠琴声
风感动了桃叶的感动
云漂移了清风的漂移
而时空穿越　我怀疑
这可能就是传说中的
爱情

感　觉

你把桃花种在我的眸子
这个季节便成了一幅画

你把双桨划进我的心湖
层层的涟漪如一首交响

你在我的心上拨动一根弦
滑落的音阶有甜甜的味道

喜欢　没道理

想见你

就潜入心海

溅一朵水花儿吧

掀开的涟漪里

泛起了可爱的小酒窝

你若隐若现

幻梦的样子

让含羞的桃花落满了双腮

不孤单的梦

不妨
花间一壶酒
舞影零乱
不问今夕何夕
乘风归去
我只走进一个梦
梦里有你　有你

寄　思

梅转身的时候
春就来了
我看不见你
但你　见过
这春月半弯的模样

流星雨划过天际
撒落康乃馨的花语
颤动的心越过目光
走近你的身旁
躁动的季节
蜜蜂吹起春天的号角
蝴蝶与鸟儿们
正为春天的约会赶场

而我的眸子早已开遍桃花
我想把其中一瓣
寄给你

生长在你的岸边

你是一条奔腾的河流
我是岸边垂柳的一条柳枝
你的微笑滋养着我
涨水时　我在岸边
干涸时　我在岸边
生长在你的岸边
我谦卑地度过所有春天

握紧了的爱

你入得我梦
我便触到你的温度
你穿越时空
我便测量你心的长度

你说
你不说　你的双眼
已经照亮了我的四季
你的微笑
已经煮沸我
冷却的心

那一刻
我们握紧了双手
像握住了彼此的余生

四季划过的跫音

那个春天
我患上色盲症
看不见花开
我的足印
埋进受伤的土壤里

我听到四季划过的跫音
遍地的野草
遍地冰霜
直到燕雨打湿干裂的唇
我听到拔节的声响
从深睡中苏醒
花满枝头

让生命鲜活

春啊　你不是走了吗
那丝丝的风丝丝的雨
让空气凝固
来点新鲜的气流吧
我想破茧

还有一场恋爱没好好去谈呢
暖阳里行人来去
酸涩的滋味
在血液里流淌着
一定不要吝啬你的微笑哦

与花并舞

春天来了
迎春花　微微下垂
笑容温婉
浮尘　愁云
在一颦一笑间
就轻轻掸去了

踮起脚尖
在春的旋律里
用风的方式
与花并舞
如春天一样
醉了

一条红丝巾

我们不期而遇
你似从梦中走出
睫毛上纯洁的露珠
与飞奔千里的
红丝巾有关

这条红丝巾
在零下时分
将晚秋染得彤红
晚霞最迷人的光芒
在冬的路口守候
隔离寒流
雪花儿落入手心
觉得温暖

这条红丝巾不分季节
把天边的暖系在心上
我不知道拿什么回馈于你
那么就彼此远远地看着
之间有一首诗的缠绵

春的宣告

守在冬的末梢
是因为　打开那扇门
时间真的流走了
跨进春天的那一刻
我担心　时间还会流走

与春天会面
周末的公园里
到处都是健身的老人
和放风筝的孩子
他们随意差遣春光
而我　刚刚迈出门槛
抖落冰封
与春天正式会面

邂　逅

当一双眼与一双眼邂逅
黑夜以及所有的浮躁
便不翼而飞
这一双眼
化作了航标灯的模样
在小雪初到的这个黑夜
初冬的第一抹暖阳
就这样抵达了我的心底
我浅浅地笑了

但愿我是你的春天

但愿我是你的春天
当夏天来了
我是你早晨的一抹绿
当秋天来了
我是你枝头一片蝴蝶
冬日里　我的心并没有封冻
或许还有一朵花儿
为你再开

爱情童话

花朵献给了大地
从拥抱的那一刻
就已经回不去了
挥挥衣袖　犹余暗香
谁说我失去了什么

去吧　一路芬芳
天涯芳草　我信
我们共同唱过的歌
都深埋于渐行渐远的脚下

而我只属于我一个人的夜晚
独自品啜曾经的童话

雨中随想

雨织的帘子
奢华地轻吻每一寸芳香
芳草纯净和着风随着雨
摇曳路旁

尘埃被雨水吞噬
雨织的帘
不管路人寂静　彷徨
漫舞　飞扬
心思　随了风

雨　水

堆满云的天空
雨丝是理不清的愁绪
游走在这样的雨际
把一幅黑白剪影
拉长

湿湿的天地间
雨水真的很像雨水
许多灰尘埋在了土里
许多花朵成了眼泪

你的梦你的路

雨水汇成千百条小河
不知是不是一直向东
那只温柔的手
突然砍断风帆
撕扯明天
重雾里
一只羔羊在挣扎
这一夜
我反复做着一个噩梦
一路雨水鲜红

鹊桥夜

一

夜幕下
几许凡尘的心思
悬浮于半空
彷徨于柳丝的摆荡

遥想鹊桥
挂在那遥远的天河上
大红色的灯笼
把织女牛郎的梦照亮
鹊儿是他们永世的桥梁

二

天空寂静地沉睡

空气中有淡淡的花香
闻到了往昔的向往
梦里情怀　几多欢畅

走过轮回
回不去梦　空思量
多少次在张望中迷惘
秋风瑟瑟　低声吟唱
一方暮云　一轮霜月
一束蒲柳　一壶浊酒
透心凉

三

河畔游走
白日戏水的小鱼儿没了影
那位曾经守望的俊俏青年
样貌如新　踏浪远行
(他去了远方
我在虚幻的梦里吗)

雨中断章

一

画不出写不出也寻不着
雨伞隔不断风雨
我的世界只有这小小一片
通往外面的处处是夹缝

二

肆意的雨水
打湿我的心
雨帘中
走走停停
听雨水拍打雨水的声音

三

手机拿起
又放下
冷风夺走我的伞
立在雨中
我一身透明

四

不讲理的雨
搅乱我的头发
一株小草儿
跟着打了一个冷颤

五

雨水和着雨声
如我的倾诉　滴答不停
我不担心我的泪流尽
因为早有一地汪洋

我把自己装饰在梦里

夜已深

我把自己装饰在梦里

我们　相见

欢好如初

一缕晨光

洒在窗户上

我从梦的小屋

跌跌撞撞跑出

寻你的踪影

呆立在空荡荡的屋子里

怅然若失

于这个明媚的清晨

无根的草儿

小草儿在飘浮
无根的
从东到西
从南到北
轻松得有点不自在
到处是家
又不是家

草儿本该点燃春的绿
只是太温柔
柔到心儿快不见了
草儿无心的
在忧愁着莫名
无根的草儿
本有根

月光下等你

今夜　月圆依旧
我在月光下行走
一朵不知名的花儿
开在心头

记得那时的牵手
你用仰望打开我的辽阔
我以舞步装点了你的叹息
彼此的心
如花开自由

今夜　月圆依旧
我在月光下行走
为什么裹紧衣袖
我知道你在另一片月光下
一次次回首

我心如囚
人比花瘦

那么就这样吧
这样无声地等待
等待又一次月圆
月圆时花开依旧
清风陌头
有暗香盈袖

晒一下

太阳出来了
小鸟儿又在窗户外说着悄悄话

我拍打一下酸软的骨骼
伸了一个懒腰
去晒一下
昨儿被雨水打湿的心思

这会儿　鸟儿飞走了
我的心也晒干了
有阳光的日子真好

活在珍贵的人间

活在珍贵的人间
感受阳光　感受春
沿着长长的路
走下去　不问路程
上坡下坡都沿着
注定的斜率
风景可以止住脚步
也可以屏住呼吸

春悄然来了　不经意间
惊诧与幸福只在分秒间

我不知道还需要什么
推开紧锁的那扇门
走在春天的阳光里

关于秋天

秋天的种子

一粒种子在秋天里发芽
细枝嫩叶
像一串串幸运号码
可以随时叫停

白净的男孩在秋风中招手
女孩回到中学时代
一个风花雪月的年代
他们有说不完的丝丝密语

月光如水
风声在黑夜里作态
一转身的功夫
寒风把那火苗扑灭

秋天的煞气

秋末　　叶寒
问斩的季节

女人跌入谷底
不疼不痒
耳旁有女儿的呼喊
我要妈妈
女人没死

一个道骨仙风的人
站在山顶
手持一把利剑
似乎比划着什么东西
当断则断

观　剧

我在河的对岸
观望人间喜剧
那些流光溢彩的日子
在视线里渐渐远去
如此熟悉如此平淡
我笑了
这剧本我演过

幻梦与现实

飘渺的风吹着无奈
也吹散了我的梦
曾经　我把生活当成诗
梦游般成功或者失败

于是我把诗还给生活
鼠标指向生活的方向
键盘可以复制某种故事
但岁月的伤痕可以只读
于是想象中的结局
蔓延的也不只是忧伤

影

我是影

在水中也在岸上

阳光失去了最初的意义

在你的眼里

在枝头　在草丛

以及你们任意践踏的地方

我没有惊慌　因为很久

很久　我才会死亡

没有人在意我的呼吸

我的门户从不设防

没有一道围墙　所以

你不用趴在我的窗户上

我是诗人么

我是诗人么
这个问题并不荒谬　因为
我曾用诗的模样
惩罚自己

春天的花朵
并非为我而开
而傍晚野蔷薇
悄悄爬上我的窗
其实　不用偷窥
我还剩下什么呢
一具漏尽血的壳
结不成秋天

酒精在壳里发酵
高脚杯干涸了
天就亮了

蜗　居

夏的炎热　让足不出户

有一个合适的理由

太阳的光芒刺眼

让人敬而远之

用墨色镜　太阳伞以及防晒衣

隔离护体

但思想却在文字里凝固

有时候　无聊

与禅意很难分辨

桂子香残

一场秋雨
洗净空中的雾霾
桂子香残
摇动思念的残片
你的伤口结痂了吗
或者　你无须一个人贪杯

你　躲进云层
把自己在春天里深埋
你　独坐良辰
冷对人间喜剧的上演
戏份的回眸
恍如隔世
可你已经远行归来

你总以为
一切回不到从前
可你　久久不肯
合上向西的窗帘
在每一个黄昏时分

雨　还在下
你在等待明天
谢了的桂子
是否会二度重开

秋风起

秋风
越过多汁的春天
轻蔑地删除昨天的盟约
两双紧扣的手
无助地
分离

萧杀也是一种
疗伤的方式
而　一些离殇
注定随风

只有霜枫露荻
把相思与痛封冻于
秋天的后面
年复一年

秋　荷

依然挺立
如孤傲的女子
清晨
你带着残梦
瓣瓣醒来
在秋风里

厌倦了那些蝶儿
过家家的游戏
你总是相信
一个坚定的人
品啜着你的泪

你摇曳在秋风里
便是零落
也要把清苦的晚香
深深地
深深地种在莲房

淡然的样子

向前或者向后
我都没有把握　因为
花开的季节过了
我在原地　没有怨
也没有笑
捋了捋风乱了的发丝
身子向前倾了倾
不想看满地落英

时间啊　你等等我

雪花飘然而至的日子
没有听风　看雨　赏雪
也没有冷月下的悠悠情思
我守在旧年的最后一天
接近零点的分分秒秒
等我完成这几行字
春天就踮起脚尖

匆　匆

又到岁末
一些迎新的声响
又在耳畔鼓噪
包括腊梅与迎春花
心中隐约
有一丝悸动与不安
竟是在这般美好的
一个黄昏

掩窗　拉帘
我试着与外面隔绝
虽然外面的
各种诱惑
依旧潮汐般涌进
我试图以一只蜗牛的姿态
睡稳
好让时光凝固

自斟自饮

似有悄悄话在耳畔
溪水般流动
那音符　触碰到梦

自斟自饮
我读着诗中的女人
喋喋不休里读出了无聊

夜深了
诗里有待嫁的新娘吗

如　果

如果　靠近免不了离去
那么　我决定走得远一些
如果　远离又想回头
那么　我怀疑我的爱
是否依然真实

我的一天

就这样　在我的思绪中

你　熄灭又燃起

就这样

在我的心帘外

你　轻敲又离去

如果相思是一种快乐

我的每一天

为什么如此寂寞

如果相思是一种幸福

我的每一天

为什么如此疼痛

譬如我的今天

便以向下的姿态

落入深渊

退 位

小雨抽打冰冷的脸
抽打着无奈
抽打着那些甜蜜的不舍
如果知道海誓山盟
只不过是一出戏中戏
我就不会为这出戏写诗

只是 你不是一个好演员
接的是一个蹩脚的剧本

我从女主角退至观众席
看戏不入戏
最后一次为你写诗
这一次无关甜蜜

结　局

我听见我滴血的声音
我看到了我心的猝死
我从斑驳的春天走来
让秋天失血
让季风单向循环

我无须刻意去翱翔
也不想扯烂我的翅膀
天亮了　黑了
黑了　又亮了
我不想等待下一个
春天

关上这扇门

尘封的往昔
在不经意的触碰中
展开　一本旧相册
传出　泼墨的声响
和盈盈的笑语
墨浓　舞美
以及晃动的摇椅　重现
爱的剪影

视线越拉越长
合上相册　关掉声音
关上这扇门

给心上一把锁

那天也有小雨在下
你盯着我郁郁的眼
在我的耳畔低语
那一刻　小雨带着芬芳

今夜又在雨中
你的虚影飘来飘去
我的记忆干涸
说好的　就让它过去吧
我已给心上了锁
任谁都不能打开

昔日的婚纱照

只要把伤痕
抹去　就可以
给一段纯美的日子留白
给一段动听的故事保洁
定格那年那月

以爱的名义隐退

你生生地拔出一段生根的情
站在悬崖边　像个冒险的孩子
可我不愿意拉回你
原谅我这唯一的一次小气

我目送你的离开
赶赴一场遥远的单程
而我只想以最美的姿势
隐退　因为爱的广义还在

爱的落幕

戏已落幕　过往尘封
当你不再计较
一些美好会选择性地
跃出记忆　刺痛心扉
之后　她笑不出
也哭不出

无花果

一

阳台上的秋千

摇晃着深秋的梦幻

这个秋日的下午

和我一道摇晃的无花果

静静地坠落

像极了一个隐喻

是的　我的爱

没有开花

只结出苦涩的果

二

你　一袭白衣

乘燕风跨季节来了

呢呢喃喃
我以为
春天到了
这一天我等很久
燕　有前生吗
你说有
你用箫声在月夜
执拗地说起

三

春天太短太无情
你小园子里的青草
那么快就黄了
草坪的月光
是那么不真实
我知道　你
早已走进夜的深处
一路涂抹昨天的箫声

四

我奇怪
一个人要有多么虚假
才能把谎言说得像真的

一个人要有多大力气

才能拔去种在心底的芽

除非你从另一个维度而来

但是　我用泪一次次洗过的眼

不再相信春天的童话

譬如今天我就知道

你痉挛的身体

不再为了承诺

因此　你痉挛

注定也是假的

因此　我选择

轻蔑地离开

五

我又梦见你

说不尽绵绵的恨

醒来　我恨自己

恨自己不该做梦

恨自己在你小园草坪上

一次次流连

我恨我说过

要在梦里寻你

六

秋天是无罪的
枯萎了的秋草也是无罪的
所有的路所有的人
都是无罪的
我不是法官
不屑于寄出传票
审判今天下午这颗
坠落的无花果

流年还在

七夕　一把刀
将月儿切去一半
明晦不定的夜空
逝去的日子已经发黄
只有你的眼　如星
隐去又浮起

半生的缠绵啊　半生的孤单
你剩下寂寞　我剩下忧伤
你我的孤独　如天上月
若是重叠　可以盛放天河的苦水
我们各自守着残缺的一半
在或明或暗的角落
舔舐血痂和似水的流年

我知道　就在今夕
人间有万种风情在上演
而我们只是月边的云彩
若即若离　渐行渐远

看客　过客是我们的宿命
可我们不能放下手中的刀吗
就在不远的月圆之夜
我便去你的世界寻你
因为　过了今夕
流年还在

再　见

一只蝴蝶飞进我的窗
我便确认了春天
再一次降临

雨巷　你穿越人流
像闪电一样楔入我的眼帘
那一刻的眼神彼此确认
春天开花了
此时无须有声

哦　有一种幸福的痛
与春天有关
我可以再一次触碰吗

这就足够

如果爱情

是一份唯美

我愿与之羽化

如果爱情

是一种虚幻

我愿长梦不醒

如果爱情

是一席谎言

我也不屑于拆穿

因为属于我的这个下午

风景逼真

这就足够

像一阵风

你来了
像一阵风　吹过心头
风过去了　你也走了
我站在原地
被囚禁很久很久
我把着凉的心放下了
又传来你的声音
我来了——
刺耳而缥缈
我淡然朝着这个声音
投去一眼
没有发烧

爱的裁剪

她相信爱的永恒
但她与他的那部戏
还是过早地落幕
他的笑容好看
却如一艘单程的船
以潦草的航姿远去
任海风唱一曲无言的结局
任海浪抚一段凄婉的琴音
她还是相信爱
她学会为爱裁剪
并为他送行

第四辑

金针菜

金针菜

小时候过年

甜甜的　暖暖的

十碗八碟

父亲总要露几手

最后上的一道

金黄色

父亲很隆重地嘱咐

来吧　这是金针和气菜

最有年味的一道

这不就是黄花菜么

父亲笑眯眯地说　不错

也叫金针菜　你们看

是不是像极了你们的母亲

你们的母亲也姓金

母亲只是笑

脸上花一样的皱纹

笑起来更好看

家有喜事

喜鹊儿
叽叽喳喳
报来龙儿大婚喜讯
母亲翻箱倒柜
比划一件又一件衣裳
穿哪件去喝孙儿的喜酒呢

母亲好高兴
走到老伴的遗像前
把今儿的喜说了一遍又一遍

母亲　一遍又一遍
叮嘱七个女儿
你们得快点去
看看有没有帮得上的忙

娘在　家就在

偶然的一次回望
触动我匆匆行走的心房
窗台有娘瘦弱的身影
风中有娘远眺的眼睛
模糊的视线
给儿默默送行

娘的一生
锅碗瓢盆
交响儿女快乐的童年
叮咛与唠叨
是儿女成长的韵文
娘的青春缝补了岁月
每一根白发里
都在儿女记忆里开花
娘是一片港湾

儿女的睡梦没有风浪

娘是一个旅栈

风雨兼程的儿女明天又出发

娘是一颗大树

永远守望家的方向

娘在　家就在

一周岁元宝在伊顿公馆[*]

一

元宝又冒出了两颗新牙
一双小手指着阿婆的笑声和醋意

二

元宝在怀里摸摸索索
阿婆衣衫的皱褶里有她的饮料么

三

元宝好奇地转身
推开阿婆扶持的手

---

*声明：以下关于元宝的一切，可能不是诗。

四

元宝走起了快步
一二三四五……五十
我担心会被她落下

五

元宝不会寂寞
你不说话她便不停地说

六

元宝有抢饭勺的本事
常以迅雷不及掩耳之势
连你的饭碗一起夺去

七

元宝很会摆造型
她会抛去几个媚眼
装进你的相机

八

元宝也看书
抓着一本《弟子规》
看得有模有样

九

元宝会在QQ上打字
Q友一次次回复
什么意思

十

元宝有点小资
她会和着节拍用餐
她在诵诗中熟睡

十一

元宝进洗澡间
放下一只小脚进盆
然后另一只
很小心

十二

元宝被她奶奶接走了
留下乳香的小枕头
我依旧把它放在我的大枕旁

六一　鲜艳的红

——元宝加入少先队

六一　是一个鲜红的日子
元宝把红领巾高高扬起
我看见一滴露珠闪亮着晶莹
我听见一汪溪流涓涓的清音
我见证一粒种子破土而出
升腾的稚嫩和喜悦

六一　是一条永不褪色的红领巾
系住孩子响亮的誓言
系住一个初心
风雨兼程

母亲的六月

一

我知道　因为母亲
六月　才是真实的存在
我知道　因为六月
爱　才是真实的存在

您的爱　是六月的森林
清冽的气息百鸟婉转
您的爱　是六月的清泉
汩汩的叮嘱四野芬芳
您的爱　是六月的天空
悠悠的白云满载孩子的梦想
您的爱　是六月的恋曲
唱也唱不完的缠绵篇章

我用六月的心香为墨
秘制有关康乃馨的诗行
我相信　只有六月
才是太阳升起的地方

二

每个六月
在我心中都有一场盛宴
在我们心中
那颗莲的盛开与盛大
攀缘八十八个六月的阶梯
我们看见母亲踩着金莲
款款而来

每个六月
都与母亲的生日同频
而我们的体温都无条件地蒸腾
以高温的涌泉
浇灌母亲的光彩四射的莲

母亲说生日不用声张
是的　六月不用声张
六月自带温度
自带多彩

父亲的梅花窑

儿时的星空
被父亲说的梅花窑
点亮
我在故事中长大

百年的窑火
在父亲的记忆里
煅烧
留下一串串
有温度的古董

父亲带着梅花窑的
传奇走了
却把梅花窑的余温
留在梅花山
长满荆棘的路上

给母亲读一本书

绘声绘色地
给母亲读一本
自己写的长篇
用方言说出
母亲曾经青春年华里的
那些熟悉的家长里短
和窑艺上的一些事
让母亲走进暖暖的回忆

就像在儿时
母亲用芭蕉扇赶蚊子
父亲说故事
暖了我们的黑夜

母亲听故事的样子
仿佛检阅她曾经的故事
脸上淡淡的忧伤
母亲说　难为你
还记得这么多

献给女儿的生日

一

昨夜阿珂喋喋不休地问

妈妈　妈妈　明天我穿什么衣服

我笑得乐呵呵

你穿什么都好看呢

因为你长大了

女儿便不吱声了

二

我就坐在一首诗里

想以诗的名义给你礼物

就蘸着月光来写吧

可助你永葆青春的容颜

你　一个美丽的精灵

在那年那月的今天

携春风与我相拥　从此

我们便相依
在每一个时光里

我与你在一片绿叶上小坐
说着春天里的故事
说着说着
你便抚琴或者画画了
如今我把好日子
编织在一首诗里
作为生日礼物
亲爱的女儿
就在今天
让我们再一次回放

三

三月的一天
那个不朽的日子
姹紫嫣红
你降生人间
带来生活的全部意义

你来的时节
风含情　吹绿
冬眠一季的群山

水含笑　撩动
水天一色的碧蓝

你来的时节
桃李盛开
争当报春的使者
百草列队
编织快乐吉祥

而我　从此
不屑于春江花月的微步
却在午夜把你的啼声
一次次收藏
不屑于城市的霓虹
却在每一个早晨用浅浅的吻
复制你的笑声
不屑于红尘中得得失失
却在你蹒跚的身后
一路扶你前行

于是　厚道的三月
爱所有爱你的人

四

那年今日
一声清脆的啼哭
催开了百花
唤来百鸟翔集

你携一缕春风
似一朵会飞的花
飞进我空寂的园子
从此　我成了辛勤的园丁
从此　春天更加绚丽
从此　我的心有了晴雨表
你快乐　便是我的晴天

今天是你的生日
揽三月滴翠的绿
描一幅春天的图画送给你
让你每天绿色好心情
掬三月百花香
制一个百毒不侵的美香囊
佑你一生平安
借百鸟争鸣的天籁之音
祝你生日快乐

陪护日志（一）

母亲病了
偏是下了雪
母亲知道自己的病
这次她不想开刀
"那块小石头
就让它一直陪伴吧"
外面下着的雪
依旧浪漫
　　2018-01-24

打点滴早早就结束了
母亲轻松地起了床
站起来也很轻松

天雪路滑　医院有点儿远
姐妹们就不要来了吧
我这么想着
是不是有些自私
　　2018-01-26

大姐心疼我
一人照顾母亲辛苦
"回来我给你煲汤"
我说 其实是
我赚了姐妹们的机会
2018-01-26

咳嗽是真的
咳嗽了几天
没有咳出好诗文
却咳出了母亲的唠叨
"你怎么就咳嗽成这样了
药怎么就止不住呢"
我笑着回了句
"我愿意 陪妈妈生病呢"
2018-01-27

陪护日志（二）

病危知情通知书
就那么惨白地
摆在面前
让空气凝固
大脑缺氧
心肺撕裂
手
拿不动签字的笔
我仿佛比妈妈
病得更重
  2020-04-28

监测仪上
母亲的心动
快慢高低
像极了
她一生走过的路
  2020-04-30

这个四月　漫长
我的手
一次次抚摸病床
却是无处安放

检测仪不会撒谎
但我相信　下一秒
会有一个满意的数据
正如母亲的每一次奇迹
　　2020-04-30

给母亲洗脚
我洗得特别认真
这双脚
走过八十五年的路
支撑过七个女儿的歌声
如今就让我好好洗一回吧
好比一次伴奏
　　2020-04-30

哥哥走了

季节在飘零
一地的枫叶　血红
细雨低声啜泣
不停地敲打你安睡的屋檐
我们都被淹没
那一刻就算是秋风
把所有的眼泪风干
我们也无法抹去内心的
凄怆

一地的红枫
秋风不停地
敲打你安睡的屋檐
纸灰裹起你单薄的身子
送你远行
唢呐凄凉

你的孩儿已经长大
帮你的山居乔迁
二十年了
你终于依在父亲身边
住进春天里
树木葱茏了
绿草地更绿了
那一只美丽的花蝴蝶
追随我们　舞动霓裳

清　明

清明日是三月的一个缺口
所有的魂灵都会苏醒
清明　是黑色的
我只看见黑色的
清明　是另一个团圆节
彼此带着重逢的泪眼

父亲　哥哥
酒菜都已备好
杜鹃花雨水碧草已备好
纸钱已备好　来
父亲　哥哥　我们都在这里
请停一停你们匆匆的脚步
就今天　再次团圆
坐下来慢慢喝一杯

提一盏缅怀的灯

照清明的路

让慢燃的檀香

烘干泪水

心比坟茔更潮湿

父亲　　哥哥

你们冷不冷

那日

孩儿把《爱到灵魂》

祭给清明

纸灰随风飞舞

父亲你看过了吗

亲人

你们已经走得太久

久到渐渐成为真实
真实地让我们从幻境中走出
无法再欺骗自己的内心
我们是真的永别了

坟上的草黄了又绿
坟边的树枯了又荣
坟前的人来了又去
都在回忆里
寻觅那份熟悉的温度

所有的颜色
在这样的节气里
都失去了光彩
春风低垂着眼帘
心事重重地
只负责打着唿哨
告诉那边的亲人
我们又来了

第五辑

绿色冲锋号

一道绿色的闪电

汪洋一片

庄稼 牲口以及花草

埋在泥淖中哭泣

房屋使劲伸着脖子

用头颅呼吸

雨水越发魔怔

万道冰冷的鞭子

抽打天宇

大堤上一群勇士疾行

如一道绿色的闪电

跳入洪流 以血肉之墙

抵挡惊涛

在誓言和热血面前

洪魔退却了

直至袅袅炊烟

再一次升起

白衣天使

——献给"5·12"护士节

没有硝烟弥漫
没有炮声隆隆
却总有一场无休止的战斗
一袭白衣裹着神圣与威严
编织生命至上的一道风景

急救时　你是病患生命的卫士
治疗时　你是医生的得力助手
监护时　你是病人精神的依赖

你谨记医者父母心
化柔情为甘霖　洒向
病痛的躯体　焕发绿色生机
你是坚稳的人字梯　助力生命
攀过悬崖危难境地

眼睛比星星明亮

只一针见血　便把生的希望

注入

指尖轻触　所有的痛楚

在温柔里瞬息平复

输液管里的点点滴滴

是寄托你青春和梦想的情思

你用真诚　丈量

无数漫长的夜晚

用爱温暖无数绝望的生命

用真善美的气息

淹没　此起彼伏的痛苦呻吟

用天使般的微笑　让生命

远离枯萎　再现葱茏

逆行者之歌

致白衣战士

当新冠病毒的戾气　席卷而来
是你　第一时间冲向战场
当漫天恐惧笼罩大地
是你　以逆行者的姿态
奔赴凶险不可预知的城市
你　一袭白衣在毒雾中
挺起钢铁般的脊梁

家中的你
或许是个不知柴米的大男孩
家中的你
或许是个撒娇父母的乖乖女
当你穿上了一袭白衣
便有了百毒不侵的坚强

你把责任扛在肩上
把逆行者的誓言写在路上
用勇敢和智慧写出大爱
与全国人民一道
谱写八方支援美的交响

不幸的病人信赖你
是你　给了他们生的希望
惶恐中的人们感谢你
是你　驱走了黑暗　送去吉祥
人民感谢你
是你　以大无畏的担当
重新定义永不言败的炎黄

你把安宁　留给了别人
把无穷的艰险留给了自己

你把春天留给别人
把不尽的疲惫留给自己
为自己赢得了一个骄傲的名字
——白衣战士

我正忙

平日　你是孝顺的儿子
是体贴的丈夫
是孩子的天
当灾难降临　你义无反顾
成了人民的儿子
成了老百姓的坚强的肩膀
成了无数个孩子的天

你本可以回家过一个团圆年
但你听见了内心的呐喊
"灾难当头，匹夫有责"
当疫情袭来我不上谁上

妻子的电话
你说"我正忙"
儿子的电话
你说"我正忙"
年迈的老母哭着的电话

你还是说"我正忙"

你在隔离门内偷偷滴下泪水

你知道　此刻

儿子睁大眼睛不肯入睡

妻子在凛冽的风雨楼头向你眺望

老母亲泣不成声

佝偻的腰身比大地更低

逆行　逆行

你是天使　是战神

你无惧黑暗中的鬼蜮

你无惧决堤的洪荒

逆行　逆行

用生命的倔强做防护衣

逆行　逆行

用浩然正气逼退瘟神靠近

逆行　逆行

你把一个大写的人字

写在2020年的时空之上

白衣礼赞

一身洁白的工作服
人们说你是白衣使者
一挂银色的听诊器
人们说你是健康卫士
一串逆行的脚步
人们说你是新冠阻击战的勇士

你的岗位是平凡的
春去秋来
或许没人记得住你的名字
你的岗位是特殊的
危难关头
人们记住了你更响的名字
——白衣战士

一袭白衣以神圣与威严

一如坚硬的盾牌　挡住毒魔

你把心灯高高举过头顶

让世界觉醒　让万物复苏

愿苍生和谐　安宁

当漫天的阴霾袭来

当战斗的号角吹响

你弹了弹　一袭白衣

毅然冲向那不是硝烟的硝烟深处

这里也是边防

当滚滚魔氛席卷而来
你　以战士的标准姿势
巡守每一个城市和乡村
把中华大地铸成
一方方攻守兼备的城堡

当人民战争的冲锋号吹响
你　迈开坚定的脚步
以无所畏惧的胆魄
冲向"战疫"的最前线

错过了家人的年夜饭
错过了报春的梅花
错过了掌声
错过了梦　然而

寒风中万家灯火
温暖你的热肠
夜雨里安详的鼾声
点亮你的行程

是战场　总有倒下的身影
尽管看不见硝烟
而你藏青色的脊梁
永远是一道挺立的风景

多年以后　劫后余生的人们
不会忘记己亥末　庚子春

清明　清明

今年的清明
是久病之后的血痂
雨　淅淅沥沥
抽打记忆之夜
一个熟悉的城市
被向西的窗切割
漂浮在泪水之上

守望者无言
逆行者无言
一个旁观者的诗行
疼痛然后多余
然而杏花
带着血痂开了
桃花也开了
一个多雨的清明
终究还是来了

走进春之门

东风吹散了阴霾
吹开了野花
也吹落了口罩和披风

沿着浅浅的春绿
我把心中的祈祷
吹向远处
更远处

江城卫

七月　黑着脸

把漫天的雨水

泼向人间　涨破江河

冲走房屋　庄稼以及花梦

牛羊四散　犬吠鸡飞

孤岛的叹息

一向温驯的长江　一片洪荒

江堤　流淌着墨绿

碎石沙袋木桩　在流淌中凝固

然后　一个新的江城

在洪荒中重塑

然后　笑声和梦想

重回人间

多年以后　人们

不会忘记　这里是

江城卫浴血的战场

人民子弟兵

七月的雨水失控了
似乎要撑破大地和江湖河海
长江告急
超高水位一次次预警
失控的雨水
砸痛堤坝
砸痛村庄
砸痛人心
庄稼将陷于深渊
牛羊将来不及圈出
养殖的鱼儿将会随波逐流
然而　危难时刻
总有一些坚硬矗立
支撑高大的事物
总有一些负重前行的身影

一个人　两个人　一群人
他们在风口浪尖
抵挡洪流
淤泥中摸爬滚打
浊浪中奋起搏斗
一双双沾满泥浆的手　伸出
就是一柄柄斩妖除魔的利剑
挽起　就是一道道绿色堤坝

一只只装满沉重砂土的草袋
堵住溃堤　堵住管涌
堵住大地被撕裂的伤口

绿色的身影在浪涛里矗立
他们用青春和热血铸就铜墙铁壁
擎起一个名字——人民子弟兵

一道挺立的风景
——武警礼赞

瘟疫的阴霾

还没有消散

庚子年的创伤　还没有结痂

你　来不及卸下一身的疲惫

滚滚洪魔又乘虚疯狂

弹了弹身上的征尘

你　再次以冲刺的速度冲向

又一个没有硝烟的战场

国徽　在头上闪闪发光

碎石　沙袋　木桩

在你铁钳般的手中

凝固　铸成铁壁铜墙

又似　一股绿色的春风

抚平满身疮痍城乡

洪魔的咆哮渐渐力竭
军旗　猎猎地飘扬
你裹满泥巴的身子
在风雨中　像极了
一尊天兵的雕像

万家灯火抚慰你的梦
人们安详的鼾声
点亮你的行程

梦里　梦外
你绿色的脊梁
是一道挺立的风景

比花开更久远的意象

——袁影红诗集《红影》读后

　　窗外的刺梅和碧桃次第谢了，草坪上猩红点点。这个季节，我总是免不了莫名的不甘，不甘心一场春舞就此谢幕。此刻，《红影》在手，耳目初染恰是一片啼鹃，让我深恸于落花风的无情。及至卷卒，却又是花影重重，茧破而蝶飞。于是之前我的一点宿愁为之尽释。

　　我所听闻的诗人袁影红，向爱而生，感性而近于苛刻。及至云水相逢，始知事有必然。谈及她的诗途生涯，她说因爱也因恨，复因爱的重启。她略带沧桑，不愿回溯往事，只对我说："我的《红影》准备付梓了，您给看看吧。"末了加了一句："有诗，也挺好。"

　　于是，我从《红影》走进她的世界。那里花影婆娑，开谢无常。那里情天恨海，教人掩啼。当然也有家国壮怀，唤人举杯。不禁惊叹于诗作者的匠心独运，由《无花果》《金针菜》而《曲水》而《追云》而《绿色冲锋号》，人间之爱一路嬗变一路花开至于渐远渐无穷。

　　然而我，一介白衣，于诗一道不甚了了。谈一点读后感，那就从我所知道的这位用爱与诗捏合而成的作者关于爱的故事说起吧。

一、早春的爱 结不了果子

像所有少女一样，年轻的诗人曾经"遥想鹊桥/挂在那遥远的天河上/大红色的灯笼/把织女牛郎的梦照亮"（《鹊桥夜》）。她带着这样的憧憬，坠入初恋之河。"一只蝴蝶飞进我的窗/我便确认了春天/再一次降临/雨巷　你穿越人流/像闪电一样楔入我的眼帘/那一刻的眼神彼此确认/春天开花了/此时无须有声"（《再见》）。

她没料到的是，二十世纪九十年代的商海，竟载不动一叶爱情小舟，流星下诺言比流星更快地逝去，而她无处兑现的爱找不到渡口。她无法想象"一个人要有多么虚假/才能把谎言说得像真的/一个人要有多大力气/才能拔去种在心底的芽/除非你从另一个维度而来/但是　我用泪一次次洗过的眼/不再相信春天的童话"（《无花果》）。一株春芽就此枯萎："那个春天/我患上色盲症/看不见花开/我的足印/埋进受伤的土壤里"（《四季划过的跫音》）。她如"小草儿在飘浮/无根的/从东到西/从南到北/轻松得有点不自在/到处是家/又不是家"（《无根的草儿》）。

她开始检讨："如果　靠近免不了离去/那么　我决定走得远一些/如果　远离又想回头/那么　我怀疑我的爱/是否依然真实"（《如果》）。人生就此第一次低头："阳台上的秋千/摇晃着深秋的梦幻/这个秋日的下午/和我一道摇晃的无花果/静静地坠落/像极了一个隐喻/是的　我的爱/

没有开花/只结出苦涩的果"(《无花果》)。

诗人可能不知道，其实无花果是开过花的，它的花蕊被紧紧裹挟在生硬的壳里，只见冷色的果子悬于深秋，倒是像极了现实婚姻。

"我们为谁戴过黄花/又为谁倚过黄昏/当秋水洗尽红尘/我们何妨含泪而笑/当我们再一次举杯/我们何妨活成/一行高高的诗句"(《黄花之约》)。毕竟是青春诗人，她认为她又邂逅了一场爱，决定继续为爱前行，她"有必要打开紧闭的门/去端回一个节气/从此是一片晴朗的天"(《端午》)。同时伴随的是深深的伤痕与不自信："今夜　月圆依旧/我在月光下行走/为什么裹紧衣袖/我知道你在另一片月光下/一次次回首/我心如囚/人比花瘦"(《月光下等你》)，而且忧郁："一粒种子在秋天里发芽/细枝嫩叶/像一串串幸运号码/可以随时叫停"(《秋天的种子》)。所以她爱得很苦："如果相思是一种快乐/我的每一天/为什么如此寂寞/如果相思是一种幸福/我的每一天/为什么如此疼痛/譬如我的今天/便以向下的姿态/落入深渊"(《我的一天》)。这几乎就是一种预感了。

但她执拗如昨，无论明天如何，"如果爱情/是一份唯美/我愿与之羽化/如果爱情/是一种虚幻/我愿长梦不醒/如果爱情/是一席谎言/我也不屑于拆穿/因为属于我的这个下午/风景逼真/这就足够"(《这就足够》)。

勇敢的女诗人，当然要为她祝福。可惜没人能够指示这个曾经的"色盲"：这个娑婆世界，普通人抑或是艺术家，多的是潦草的线条和模糊的画面。这年头，为爱纯粹，是一件多么奢侈的梦，而这个梦注定要被胡乱涂鸦。

她终于认清了现实："我是影/在水中也在岸上/阳光失去了最初的意义/在你的眼里/在枝头　在草丛/以及你们任意践踏的地方/我没有惊慌　因为很久/很久　我才会死亡"（《影》）。"戏已落幕　过往尘封/当你不再计较/一些美好会选择性地/跃出记忆　刺痛心扉/之后　她笑不出/也哭不出"（《爱的落幕》）。最后她向往的爱，幻灭了。她渡劫方式不只是"从女主角退至观众席/看戏不入戏"（《退位》），还能灵魂出窍："秋天是无罪的/枯萎了的秋草也是无罪的/所有的路所有的人/都是无罪的/我不是法官/不屑于寄出传票/审判今天下午这颗/坠落的无花果"（《无花果》）。

这一次我信了，无花果没有开花。

二、当家山的果园结满了爱

多年后的再见，我们已各安天命。但她，仍深信人生价值就在于爱。爱，不只鹊桥相会，而关黎庶寒热。不只春天一霎，而在四季往还。她那被早春冻结了的爱，选择了在秋天开花，选择了在家山结果，选择了为时代引吭。我想，在她蜕变新生的抛物线上，诗歌，一定是助她升腾的羽翼。

她变得温婉而从容："越过一片苍茫/与绿意相佐　登上高山/多了一分坚毅与豁达/多了一分阳光与从容/更多

了/一分骨感之美"(《风中的芦笛》)。她的眼里"草木拔节与春天比节奏/云儿歌唱与春天比高度/花儿绽放与春天比宽度/鸟语从山岗滚到沟底/花香顺路飘到天边/春天就在眼前出发/直接抵达诗行"(《春天》)。她要"在谷底 做一次深呼吸/给心灵供绿色的养/去溪边洗涤/连同自己的影子/试图做一个红尘之外的人"(《走进一幅画》)。显然,她的爱转场投向广阔的天地。

是的,她被泪水洗过的眼,已然看得更高更远更幽深。

她感谢平凡的菜花:"我来了 投入你磅礴的爱/我的世界因你而重开/如若不曾相遇/我的梦没有色彩"(《油菜花之恋》)。她叹惋小脚的徽州女子:"鲍家媳妇用小脚/在鲍家大屋敲打了二十年/总算是在祠堂龛笼里/把自己深深地嵌上/老一辈族人指着牌位依稀记得她/原是邻村邢家的三姑娘"(《女祠深深》)。家发镇的毛竹举起她对英烈的景仰,板石岭的老桂与她同气相连。她缅怀怀沙的屈子,她倾慕羽扇的周郎。她的朝暮是母亲的朝暮,她的清明是父兄的清明。己亥末的大疫,逆行者的牺牲,还有蓝莓的蓝,云英的紫,云的白,夜的黑……诗触所至,囊括万象。作者没有沉沦于《无花果》,没有绝望于《望月》,一振而《追云》而《曲水》,一以贯之的是爱与爱的升华。至此,爱与诗的羽化让我见证了奇迹。

三、爱　是唯美的诗行

　　一直以来，对于诗，我说不清精确的定义。袁影红的爱与诗给了我某种启示。客观地说，她诗的主体是一段关于爱的挽歌和赞歌，因而让人感知爱比花开花落更有意义。以爱诠诗或是以诗证爱，在她，是无缝对接。因此或可这么说：诗，是关于爱的传奇。

　　但作为一名医生，我更愿意略带职业化地理解袁影红的爱和诗。她是裹着披风写自己青涩的爱，诗兼寒象："你来了/像一阵风　吹过心头/风过去了　你也走了/我站在原地/被囚禁很久很久/我把着凉的心放下了/又传来你的声音/我来了——"（《像一阵风》）。而对家山的赞美是滚烫的："什么样的情千年不变/什么样的诗百读不厌/什么样的梦让我如痴如狂/什么样的缘让我独领天香/板石岭的桂树/就那么微笑　就那么婆娑/而我晚来的顿悟　不再迷惘"（《板石岭的老桂树》）。"我和你/在各自水域/婉约而率性/嵌入斑斓的夏日/蝴蝶蜻蜓以及翠鸟/都如约而至/夏风　只需轻轻一提/整个水乡的绿/便粉扑扑地/飘浮在午梦之上"（《四连的荷》）。面对民生之厄，她的脉象沉紧："今年的清明/是久病之后的血痂/雨　淅淅沥沥/抽打记忆之夜/一个熟悉的城市/被向西的窗切割/漂浮在泪水之上/守望者无言/逆行者无言/一个旁观者的诗行/疼痛然后多余/然而杏花/带着血痂开了/桃花也开了/一个多雨的清明/终究还是来了"（《清明　清明》）。而对英雄的顶礼，她心跳加速："当新冠病毒的戾气 席卷而来/是你 第一时间冲向战场/当漫天恐惧笼罩大地/是你 以逆行者的姿态/奔赴凶险不可预知的城市"（《致白衣战士》）。还有对亲人的依恋，对古今的幽思，对一切美好的关注，无不是百脉俱生，征候各异。

读袁影红的诗，最深的感觉是真挚。无论是抒情还是叙事，皆不假于堆垛而性灵自出，不屑于效颦而天籁绕梁。就如集名《红影》又岂是一个单纯的赋能了得？分明是更为久远的意象。更难得的是，她也敢于探索创新，如《人鳄情未了（短诗剧）》《一周岁元宝在伊顿公馆》等，为诗歌注入了戏剧化元素，无疑是一种可贵的尝试，这在时人很难一得。限于篇什，此不赘述。

孙 英
甲辰年三月二十七日于太朴山房

（孙英，自号翠微散人、清溪岛主，安徽贵池人。医生，九三学社社员，杏花村诗社顾问。研习古典诗词40余年，诗主性灵，作品收录于《杏花村诗词》《安徽吟坛》《中国文艺家》《海内外当代诗词选》等书刊。曾在全国网络诗词大赛中担任主评委。有《翠微集》《朴园诗钞》《问舍集》，未付梓。）

写在后面

　　龙年四月，窗外花红柳绿，正是踏青的好时候。《红影》诗集最后一稿交于出版社，付梓在即，我却似有丑媳妇见公婆的感觉。

　　《红影》原名《无花果》，因故更名《红影》。其中第三辑《无花果》，写的是我大好青春的爱恨之歌。一页页翻看，当年的情的幻灭历历在目，如撕裂一道道伤口，心血迸发。像所有青春年少的女子一样，我也曾有过美丽的梦，有过对爱情的憧憬，相信爱的唯美、情的纯粹，相信坚定地守护一个家，就会有一个温馨的港湾。然而一切不尽如人意，爱的小船，半途抛锚，一颗热腾腾的心渐渐冷却。找不到精神的解脱，找不到生活的渡口，我只能试着以忧伤的分行文字记录在案，并以《情未了》的题名发表在网络平台上。没想到居然引起一些诗友的共鸣和关切。

　　从诗歌的角度看，过于伤痛的个人情感纠结，我不知道是否适宜。但我就是那样活过来的，一串串青涩的无花果就那样真实地存在，所以《无花果》是整理这部诗集的初始动力。

在我忧伤之际，幸遇一些诗友的关怀，引导我走进社会大生活，让我明白还有更有价值的爱在召唤。于是我把诗的触角投向更广阔的生活空间。于是在《无花果》之后，又有了家山之美之《追云》，锦绣山河之《曲水》，时代赞歌之《绿色冲锋号》等诗作。同时，我的情感世界也以诗的形式获得新生。

一路走来，写了不少诗，但要付梓成册，自知非易。

一是对往昔的有些作品缺乏信心。如《无花果》，便是从最初的《情未了》诗稿中遴选而来，内容上可理解为爱情幻灭之后的一段挽歌。在嗟叹中写诗，当是疗愈精神的空白，然而写作手法上不免稚嫩。

二是随着对爱有了更广义的认识，一些关于家乡建设的感想和山水风情的歌吟渐渐加大了比重，但其中应酬之作也不少。

无论如何，《红影》见证了我真实的情感，也见证了诗的世界我曾来过。

在此，要感谢为此书作序的中国新锐诗歌批评家、上海外国语大学教授杨四平先生，感谢为诗作评的我的导师孙英先生。同时也要感谢所有鼓励和支持我的良师益友，正是因为你们的期待和喜爱，才有了我执着前行的动力，才有了这本《红影》在花影重重的季节面世。

袁影红

二〇二四年五月